I0821614

HL00210014

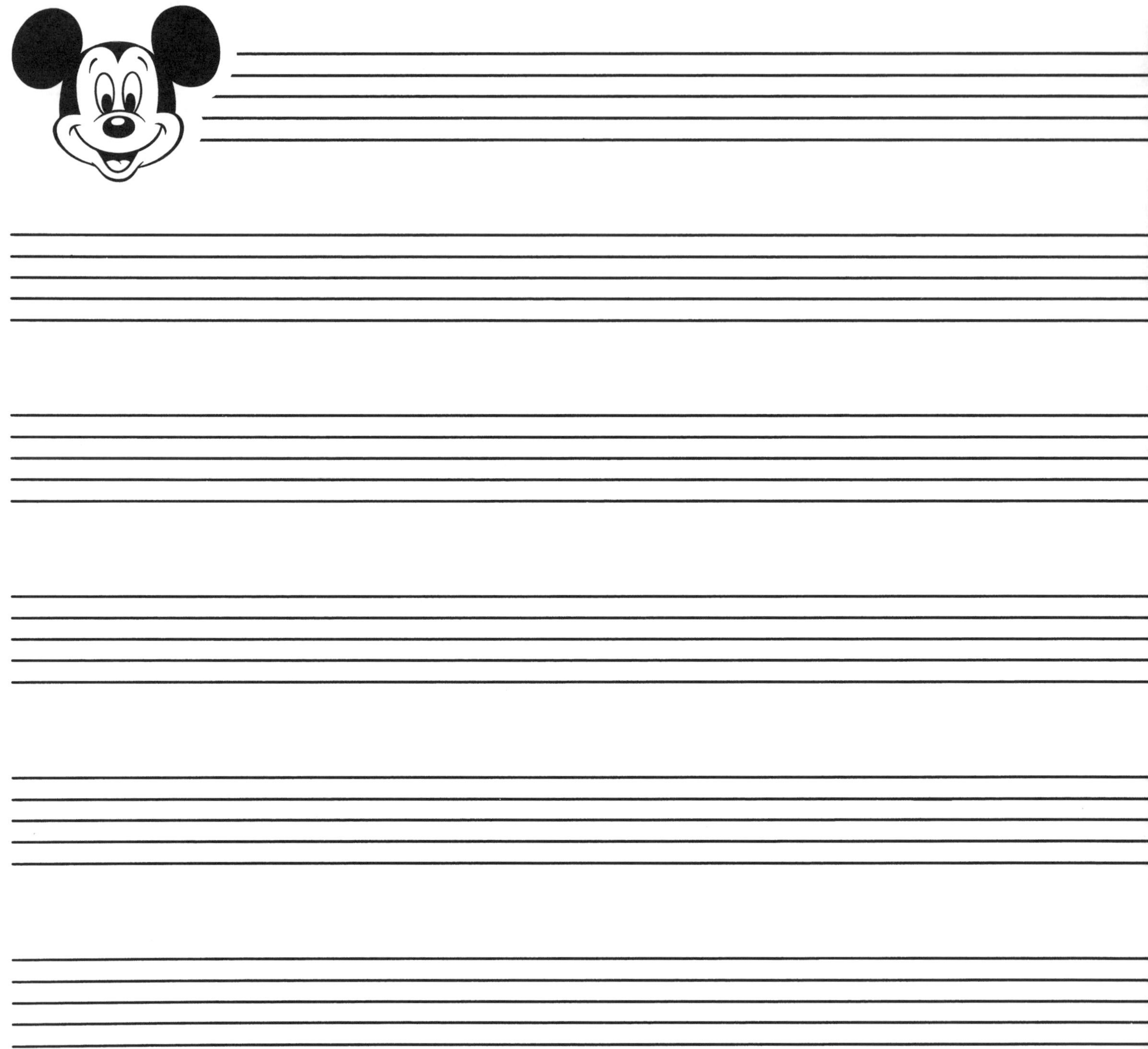

HL00210014

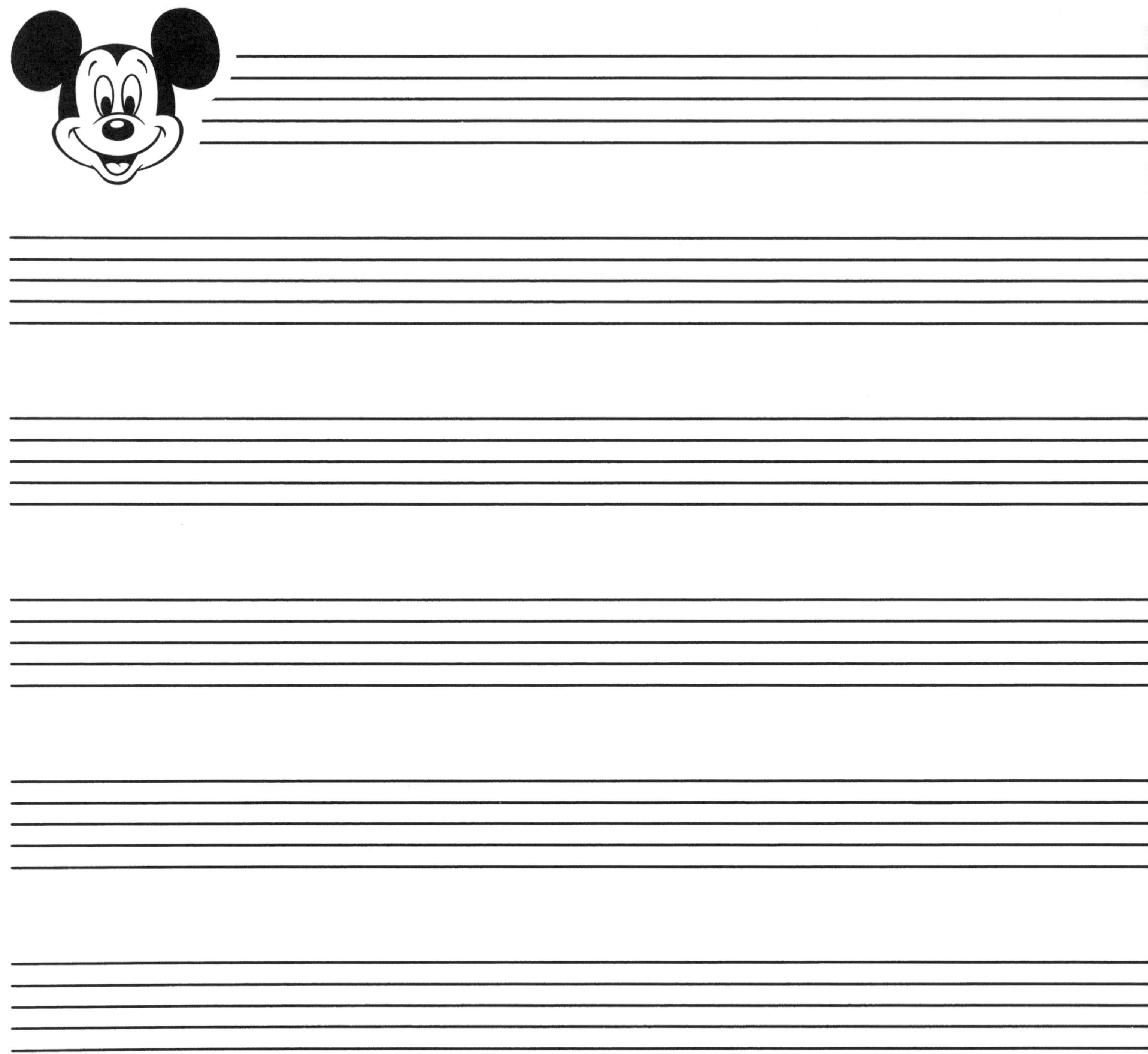

HL00210014

HL00210014

HL00210014

L00210014

HL00210014

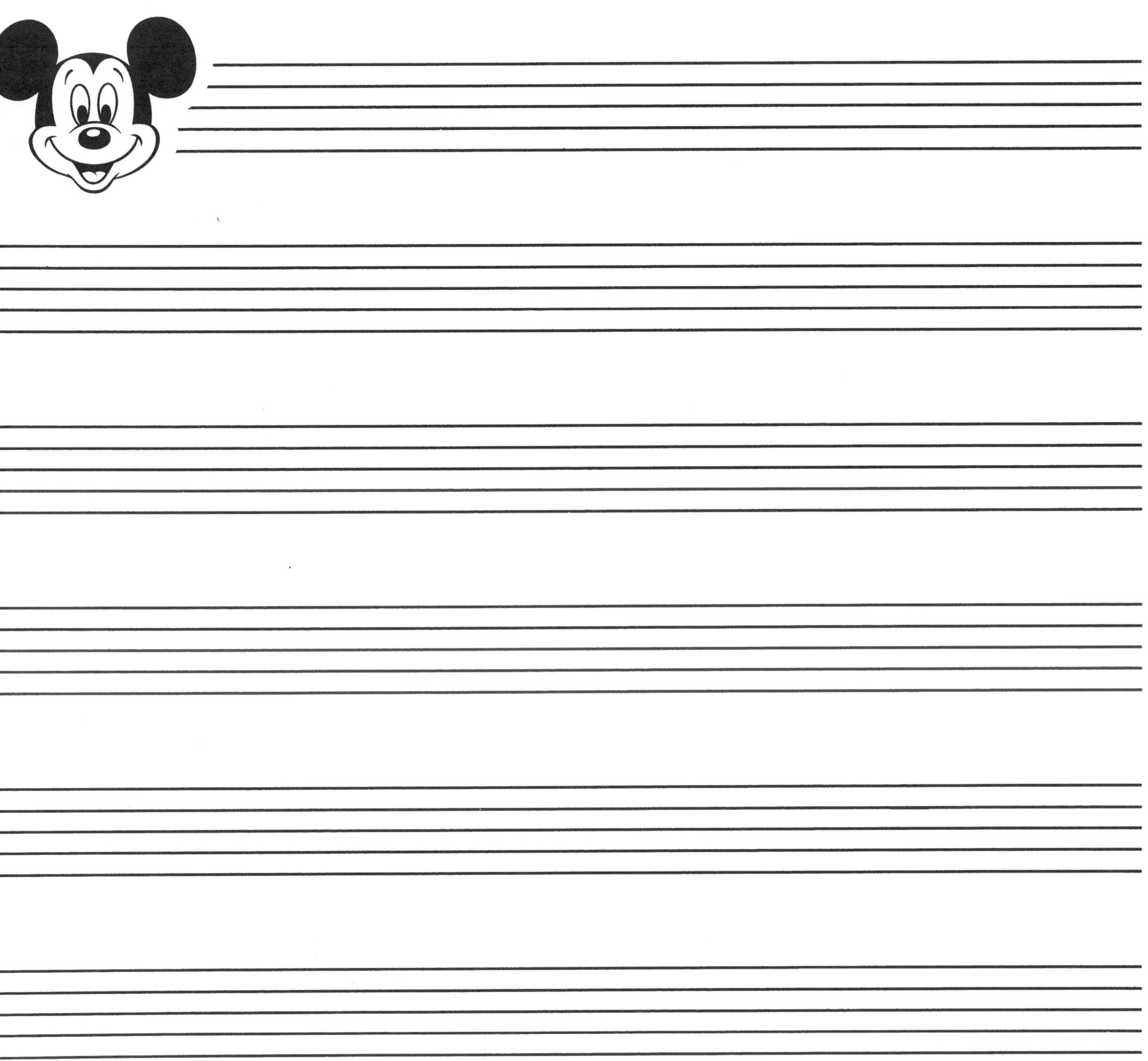

L00210014

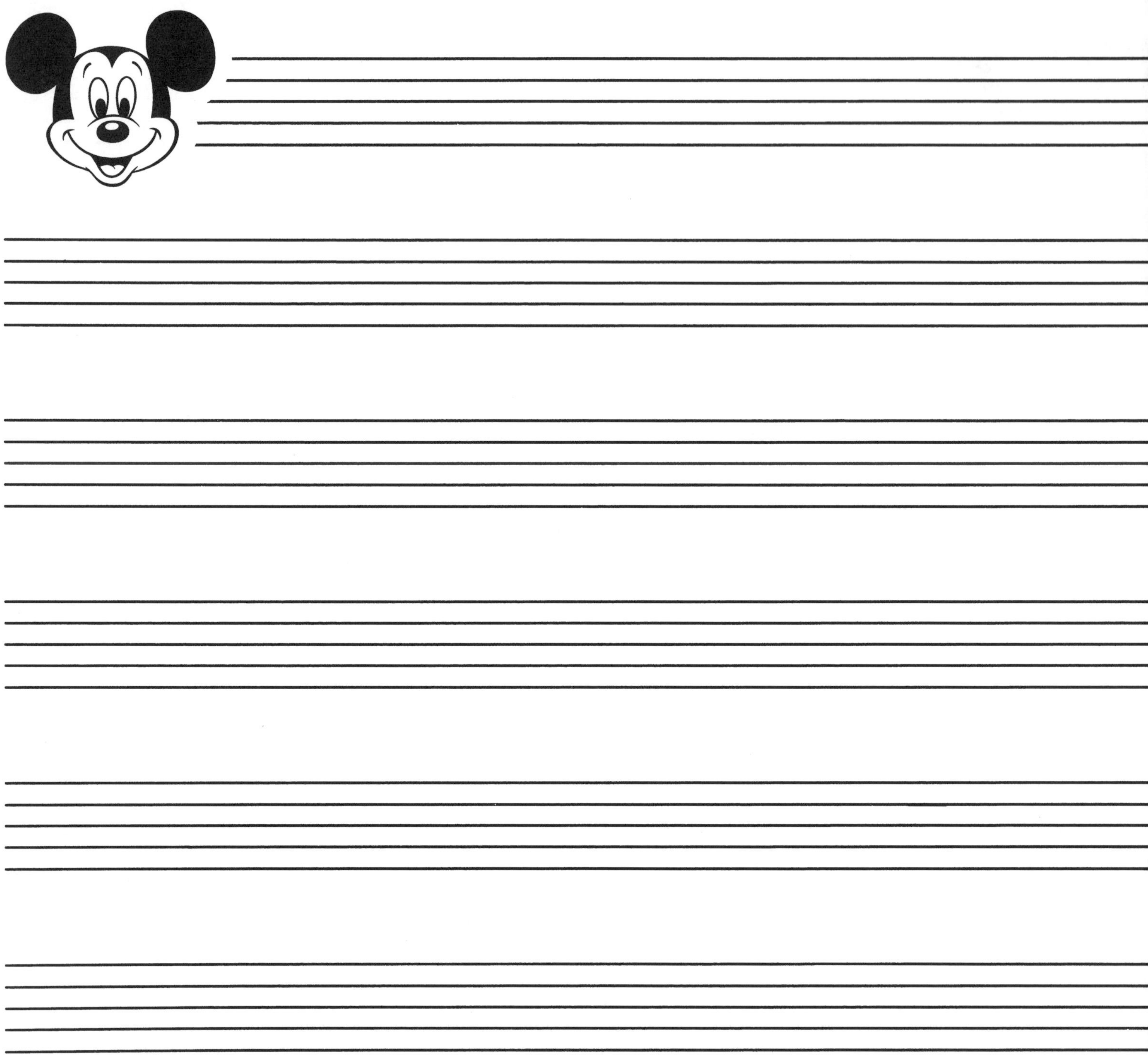

HL00210014

HL00210014

HL00210014

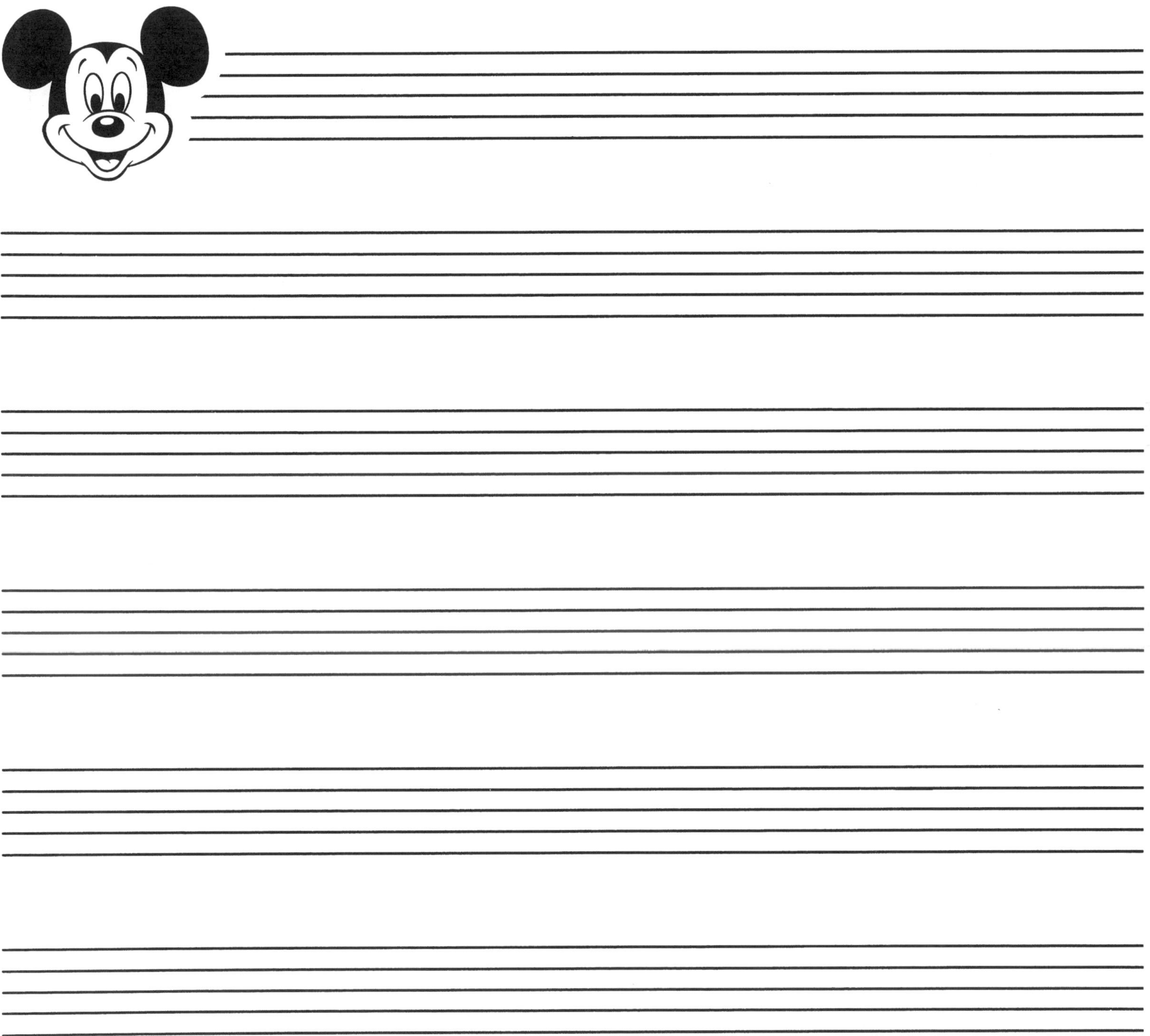

HL00210014

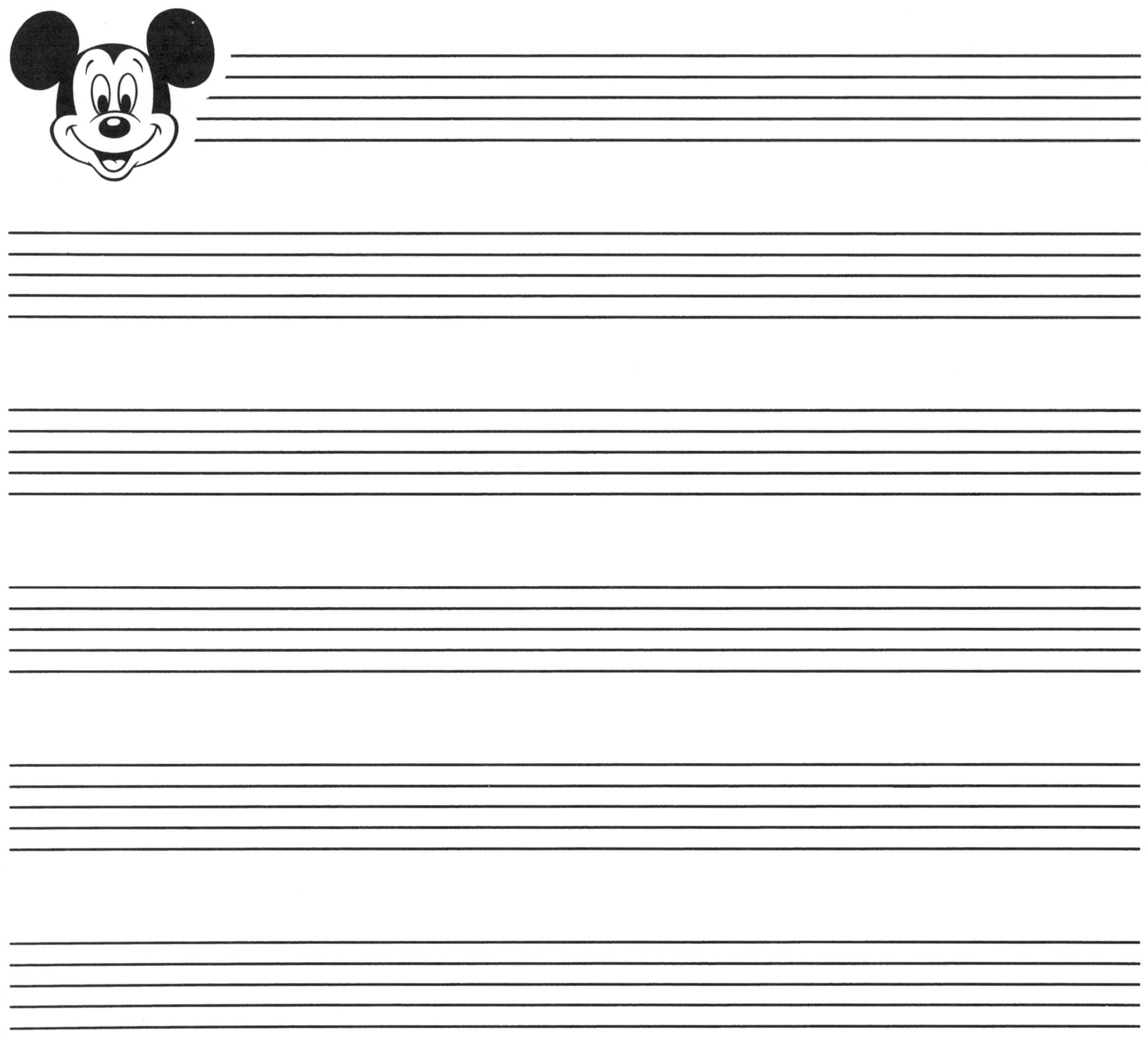

HL00210014

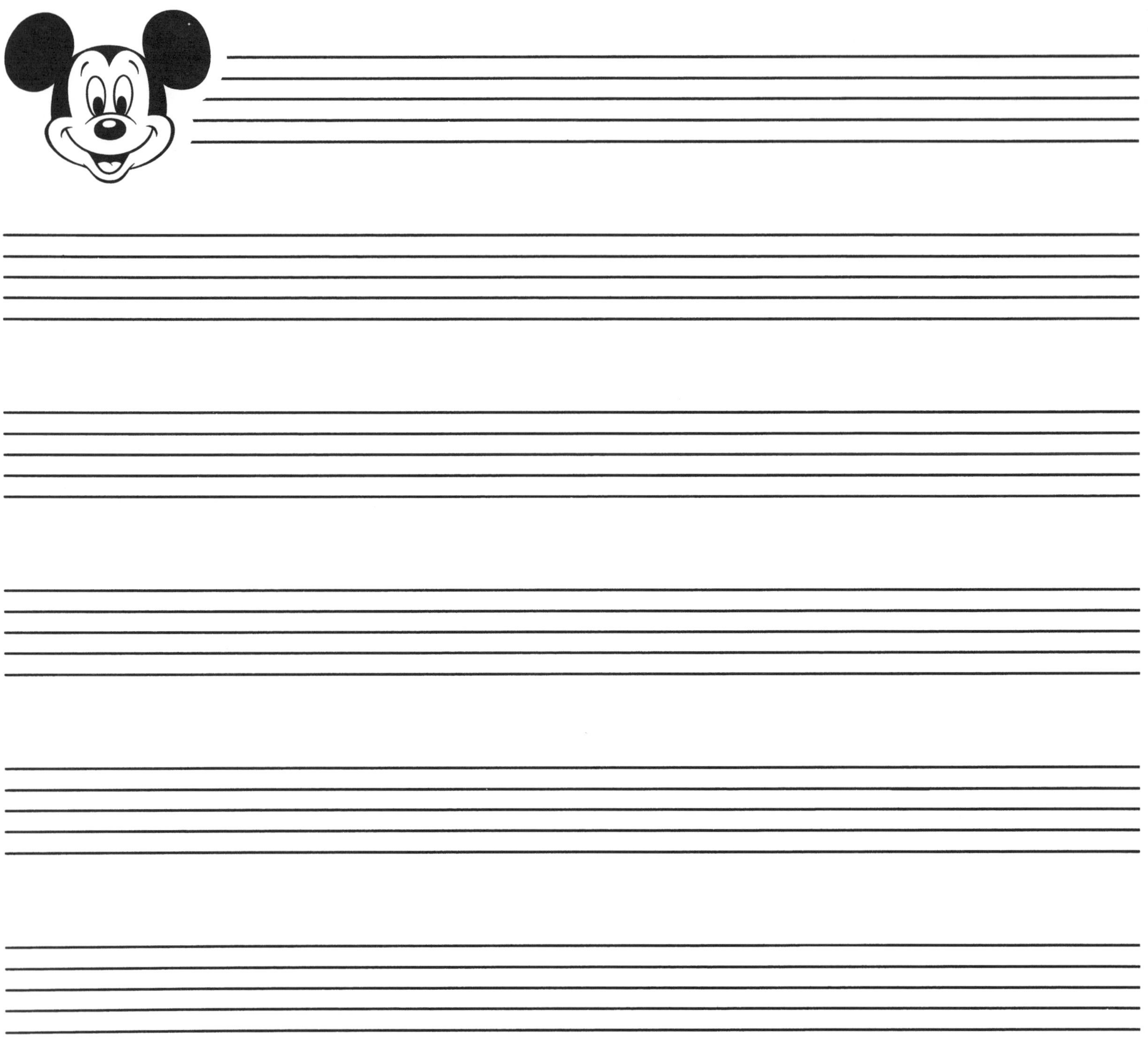

HL00210014

HL00210014

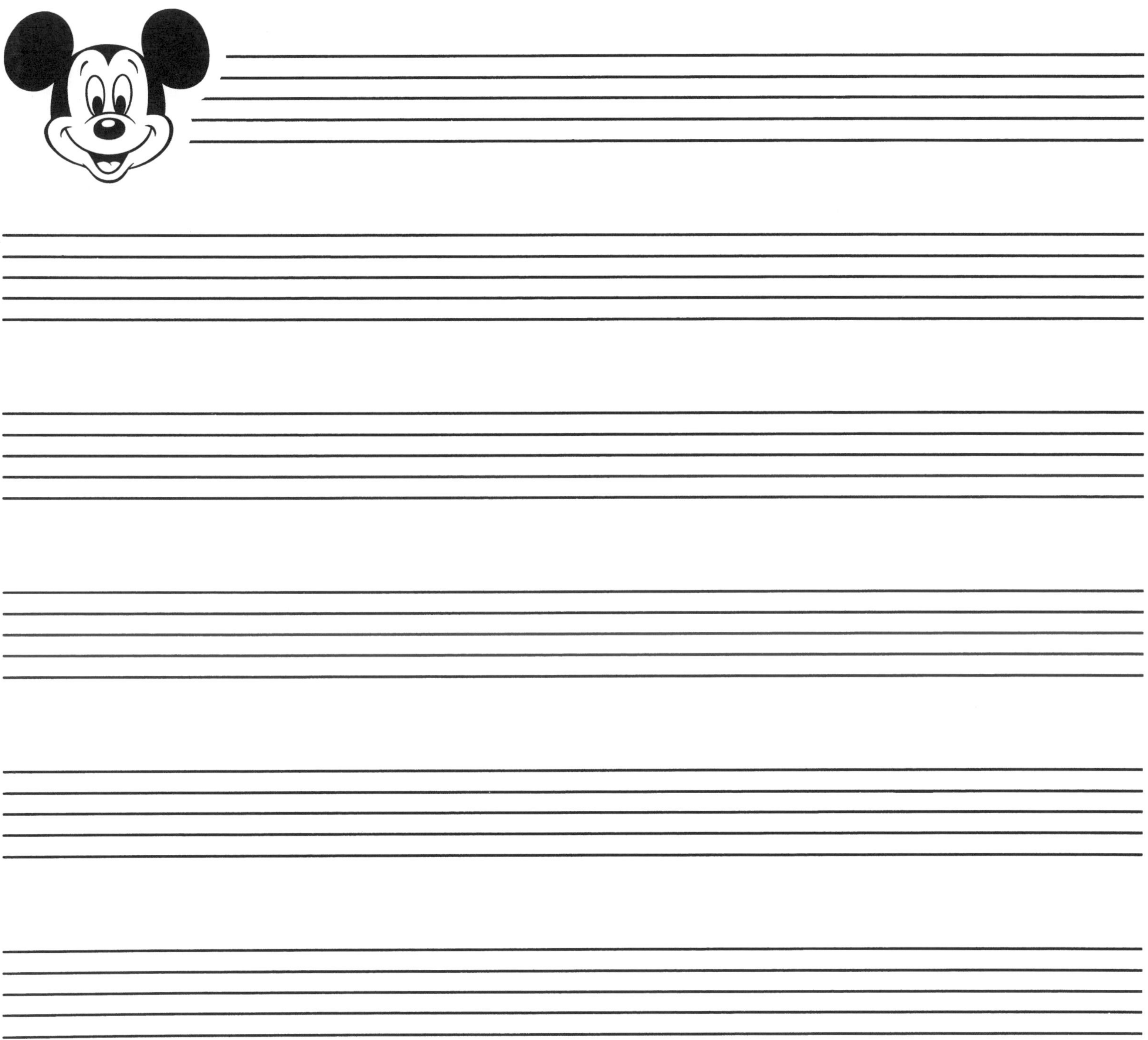

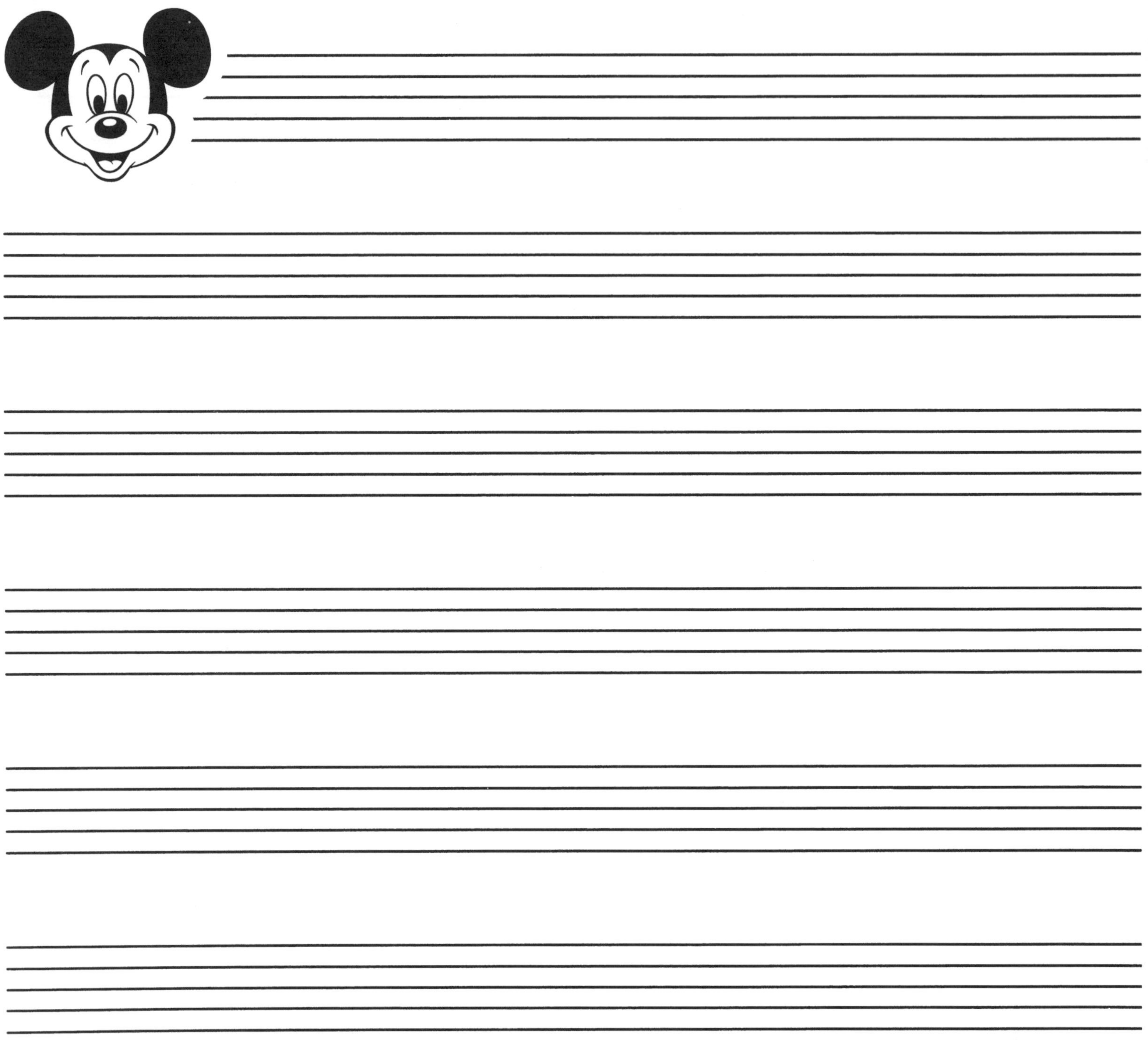

HL00210014

HL00210014

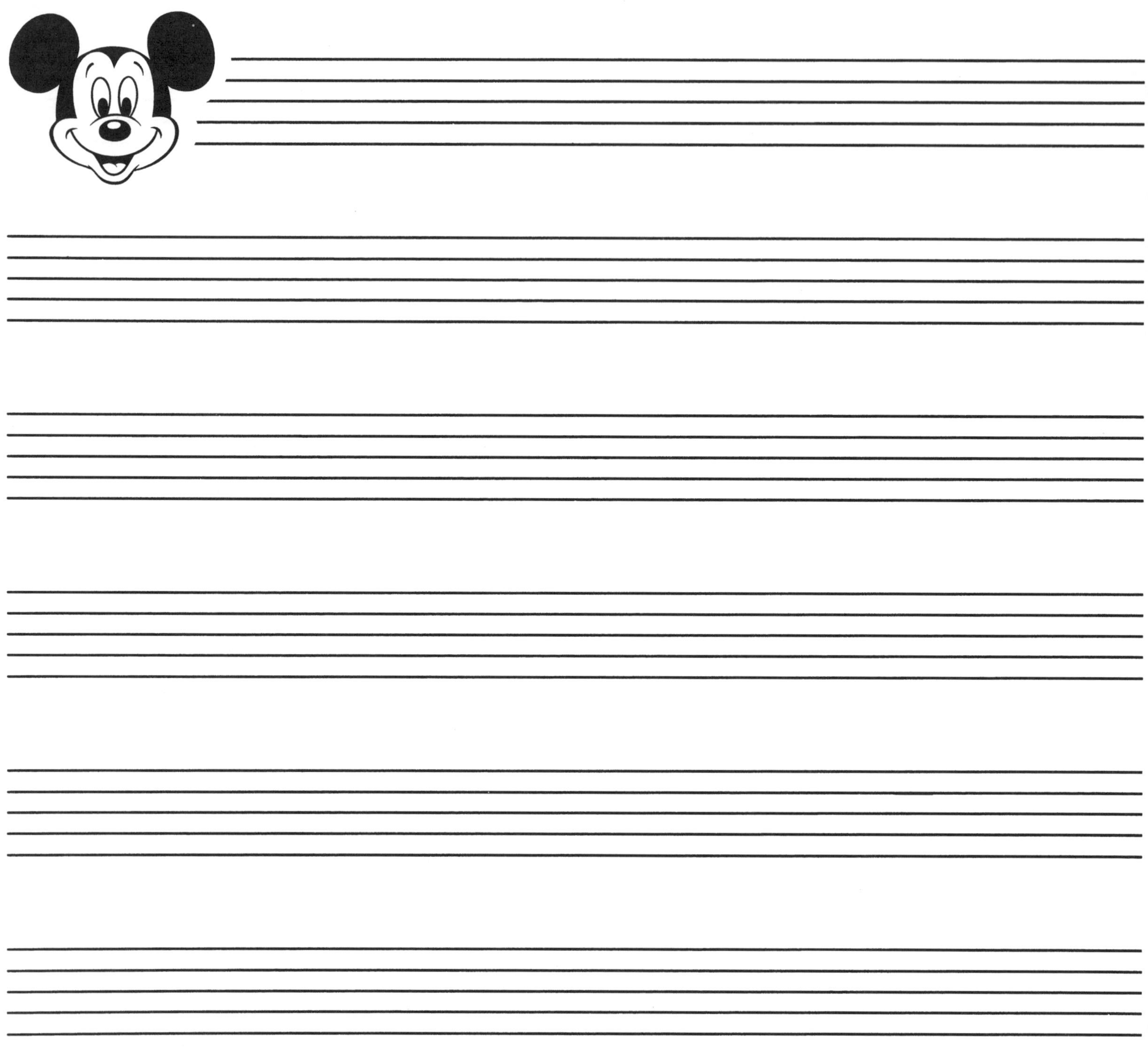

HL00210014

HL00210014

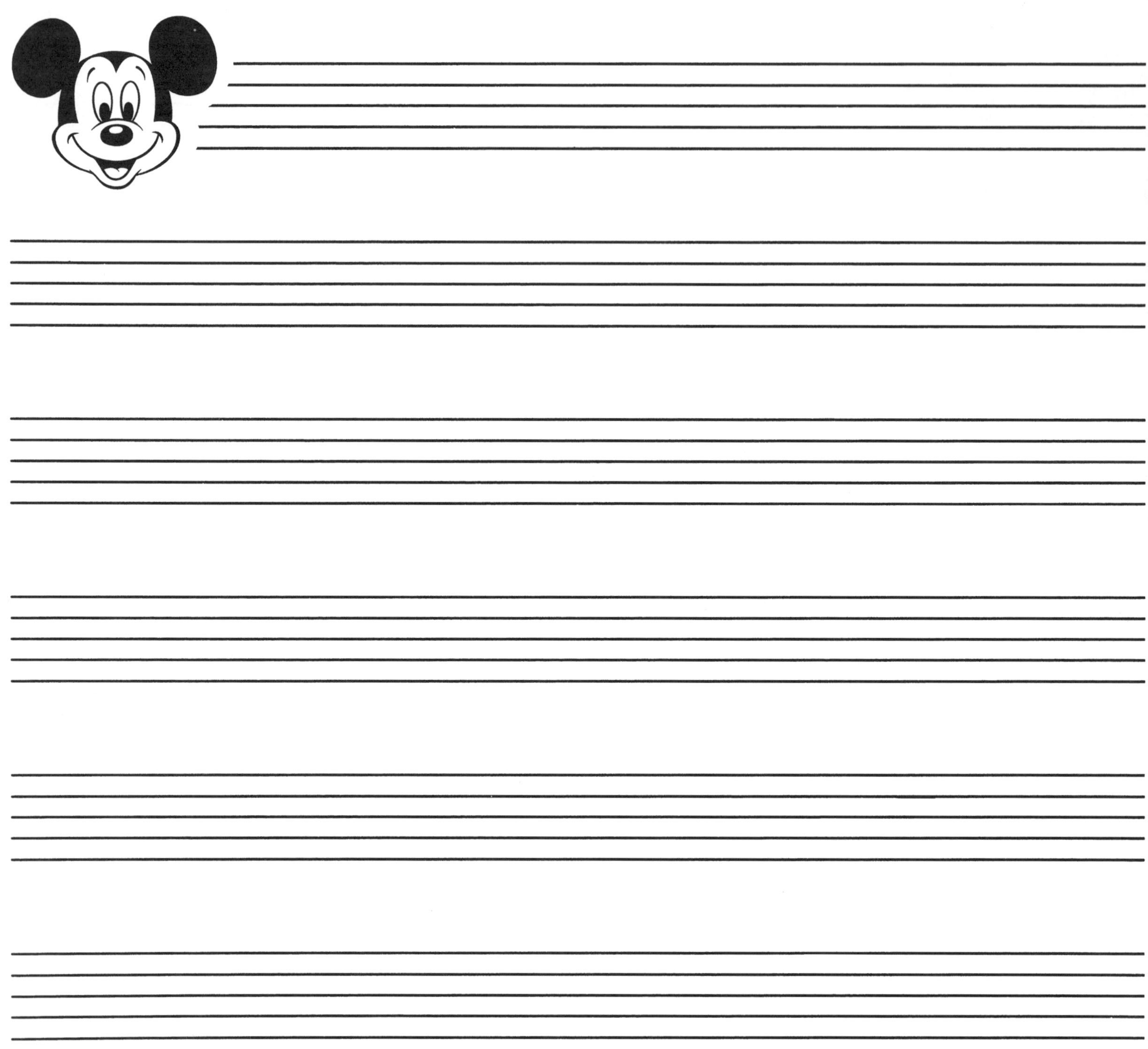

HL00210014

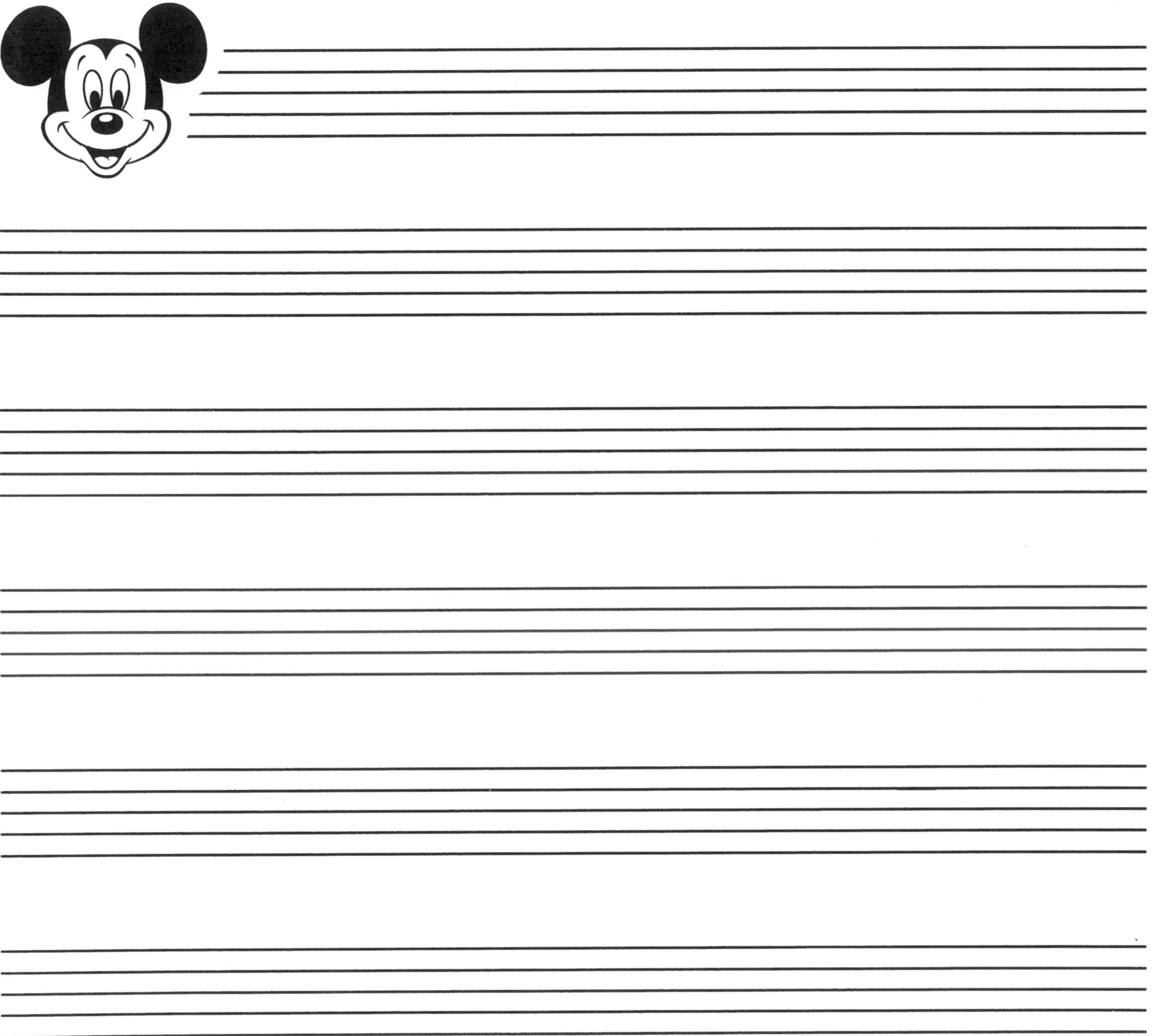

HL00210014

HL00210014